Escalones

Mi cuerpo y yo

TWO CAN™

CHANHASSEN, MINNESOTA

Two-Can Publishing
una división de Creative Publishing international, Inc.
18705 Lake Drive East
Chanhassen, MN 55317
1-800-328-3895
www.two-canpublishing.com

Copyright © 2004 por Two-Can Publishing

Traducción de Susana Pasternac
Servicios de lenguaje y composición provistos por translations.com

Creado por
act-two
346 Old Street
London EC1V 9RB

Escrito por: Angela Wilkes
Cuento de: Sue Barraclough
Traducción de: Susana Pasternac
Ilustraciones principales: Rhian Nest James
Ilustraciones por computadora: Jon Stuart

HC ISBN 1-58728-443-X
SC ISBN 1-58728-474-X

Créditos de fotos: p4: Julian Cotton Photo Library; p6: The Stock Market; p7: The Stock Market;
p8: The Photographers Library; p9: Julian Cotton Photo Library; p10 Tony Stone Images; p11: Tony Stone
Images; p14: The Stock Market; p16: Lupe Cunha; p17: The Stock Market; p19: Image Colour Library;
p20: Britstock-IFA; p21: Tony Stone Images; p22: Telegraph Colour Library; p23: Julian Cotton Photo Library.

1 2 3 4 5 6 09 08 07 06 05 04

Impreso en China

¿Qué hay adentro?

Este libro habla de muchas cosas extraordinarias de tu cuerpo. Dentro de tu cuerpo, tienes partes blandas y partes duras que hacen cosas especiales. ¡Todas trabajan juntas para ayudarte a hablar y a moverte, a comer y a beber, a jugar y a dormir!

Mi cuerpo

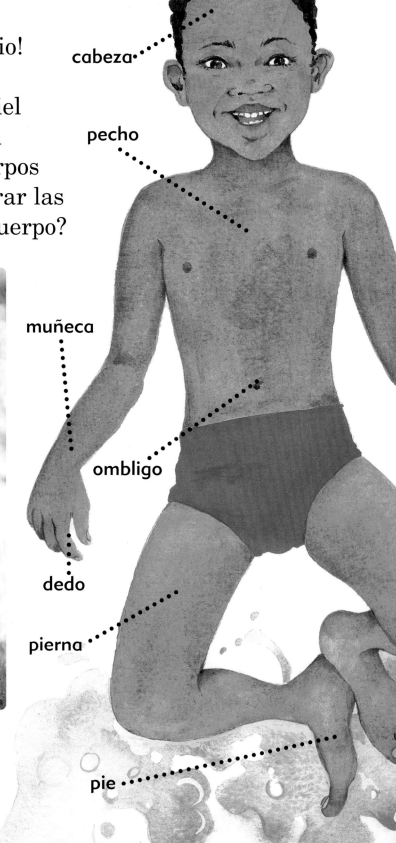

¡Tu cuerpo es algo extraordinario! Esta hecho de muchas partes diferentes recubiertas de una piel elástica. Chicas y chicos pueden parecer diferentes pero sus cuerpos funcionan igual. ¿Puedes nombrar las partes más importantes de tu cuerpo?

cabeza

pecho

muñeca

ombligo

dedo

pierna

pie

Este bebé aprende a caminar de la mano de su mamá. Pronto podrá hacerlo solo.

4

pelo

mano

cuello

brazo

hombro

codo

barriga

¿Sabías que...?

Cuando tienes calor, sudas agua por tu piel. En un día puedes perder más de un litro de agua.

rodilla

tobillo

dedo
del pie

5

Los huesos

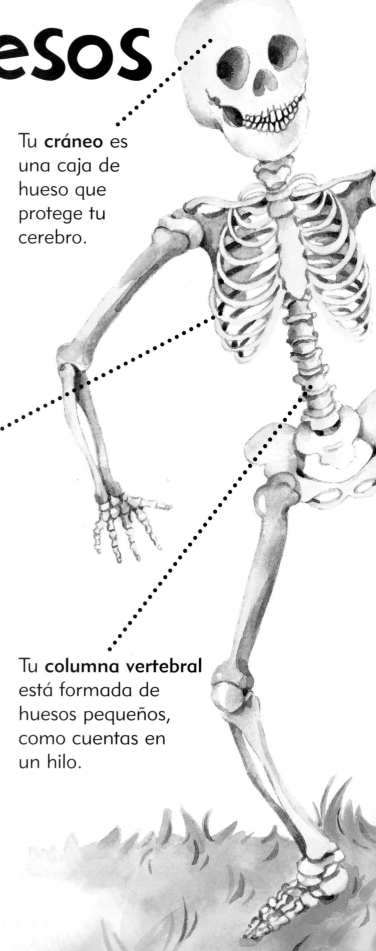

Dentro de tu cuerpo tienes más de 200 huesos de formas y tamaños diferentes. Juntos forman un armazón grande y fuerte llamado esqueleto. Palpa ahora tu rodilla. ¿Sientes el hueso que está bajo la piel?

Tu **cráneo** es una caja de hueso que protege tu cerebro.

Dos filas de **costillas** forman una caja alrededor de tu corazón y tus pulmones.

Tu **columna vertebral** está formada de huesos pequeños, como cuentas en un hilo.

Estos patinadores avanzan rápido por la pista. Llevan cascos y rodilleras para proteger sus huesos si se caen.

Tres huesos largos y derechos se unen en tu **codo**.

Hay más de 25 **huesos** en la palma de tu mano, muñeca y dedos.

Los huesos de tu **cadera** unen tus piernas al resto del cuerpo.

La **rótula** protege la rodilla donde se juntan los huesos de la pierna.

El **fémur** es el hueso más fuerte y largo de tu cuerpo.

Afortunadamente un hueso fracturado se repara rápido. El médico lo envuelve con yeso para que pueda crecer nuevamente.

¿Sabias que...?

La mayoría de los animales tienen huesos. Los perros y los gatos tienen esqueletos y ¡los pececillos más pequeños también!

Los músculos

Unos músculos fuertes debajo de tu piel te ayudan a inclinarte y a estirar tu cuerpo. Cada vez que sacudes la cabeza, mueves un dedo o saltas, usas tus músculos. El dibujo central muestra un niño jugando a salto de rana. ¡Es un juego que usa muchos músculos!

¿Sabias que...?

El ejercicio fortalece tus músculos. ¡Los músculos de algunas personas son tan fuertes que pueden levantar un auto!

Bailar es una manera muy divertida de hacer ejercicio. Es un placer mover los brazos y las piernas al ritmo de la música.

Inclina tu espalda y trata de doblarte como una pelota.

Acerca tus rodillas hacia tu cabeza.

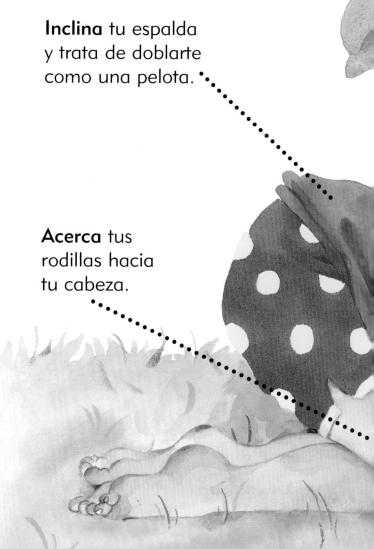

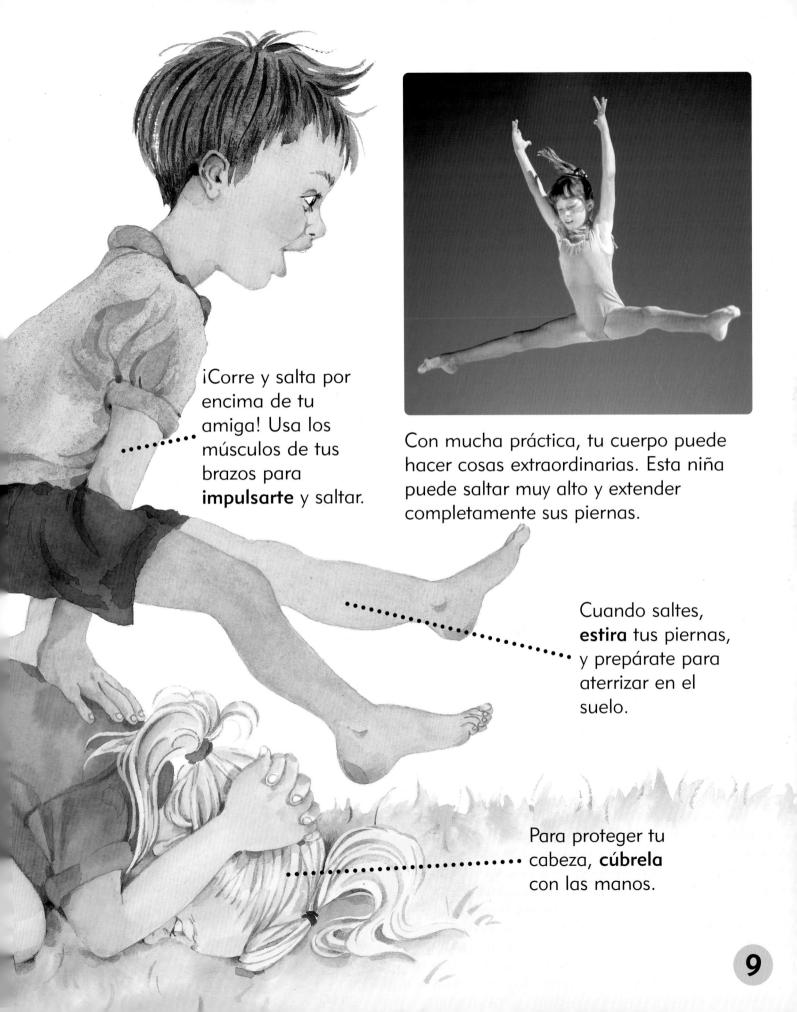

¡Corre y salta por encima de tu amiga! Usa los músculos de tus brazos para **impulsarte** y saltar.

Con mucha práctica, tu cuerpo puede hacer cosas extraordinarias. Esta niña puede saltar muy alto y extender completamente sus piernas.

Cuando saltes, **estira** tus piernas, y prepárate para aterrizar en el suelo.

Para proteger tu cabeza, **cúbrela** con las manos.

9

 # Dentro de mi cuerpo

Tu cuerpo está lleno de partes blandas llamadas órganos, que hacen cosas muy importantes. Te ayudan a respirar, a comer y hasta a pensar. Dentro de tu cuerpo también hay mucha sangre espesa que lleva el alimento desde tu cabeza hasta la punta de los dedos de tus pies.

Tu **cerebro** está dentro de tu cabeza. Te ayuda a pensar y a aprender.

Cuando respiras bajo el agua, ves las burbujas de aire que salen de tu boca y de tu nariz.

Cada vez que aspiras, dos bolsas esponjosas llamadas **pulmones** se llenan de aire.

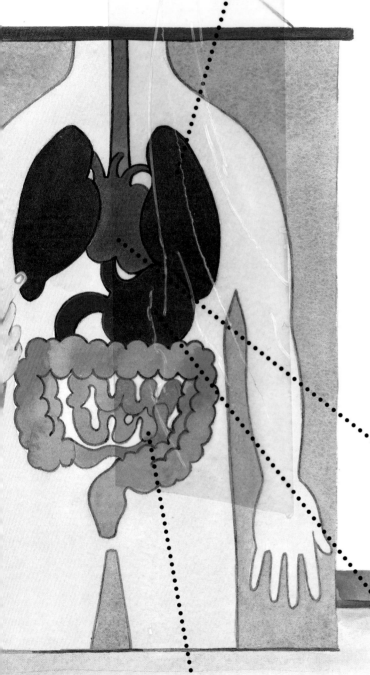

Los doctores usan un instrumento especial para escuchar tu corazón latiendo dentro de tu pecho. Suena como un tambor, ¡tum! ¡tum!

Tu **corazón** bombea la sangre de tu cuerpo día y noche.

Tus **tripas** absorben lo mejor de la comida. ¡El resto baja y vas al baño!

Tu **estómago** machaca todo lo que comes y lo transforma en una sopa.

11

Juguemos en el parque

El parque está siempre lleno de niños que juegan. Para eso doblan y estiran sus cuerpos de muchas maneras.

¿Puedes ver dos niñas saltando a la cuerda?

¿Qué partes del cuerpo dobla la niña para recoger el palo?

Palabras que ya sabes

He aquí algunas palabras que ya has visto en este libro. Léelas en voz alta y luego trata de encontrar las cosas en el dibujo.

rodilla   **codo**   **pierna**

hombro   **pecho**   **brazo**

¿Qué cuerpos tienen un esqueleto adentro?

 # Mi cara

¡Todas las caras son diferentes! Tu cara es la parte de tu cuerpo que muestra a la gente como te sientes. Llorar puede significar que estás triste. Sonreír muestra a todos que estás feliz.

Las **pestañas** no permiten que el polvo te entre en los ojos.

Cuando estás contento, tu **boca** se abre en una gran sonrisa.

En tu **mentón** se termina tu cara.

Estos hermanos son gemelos idénticos. Nacieron el mismo día y son casi exactamente iguales.

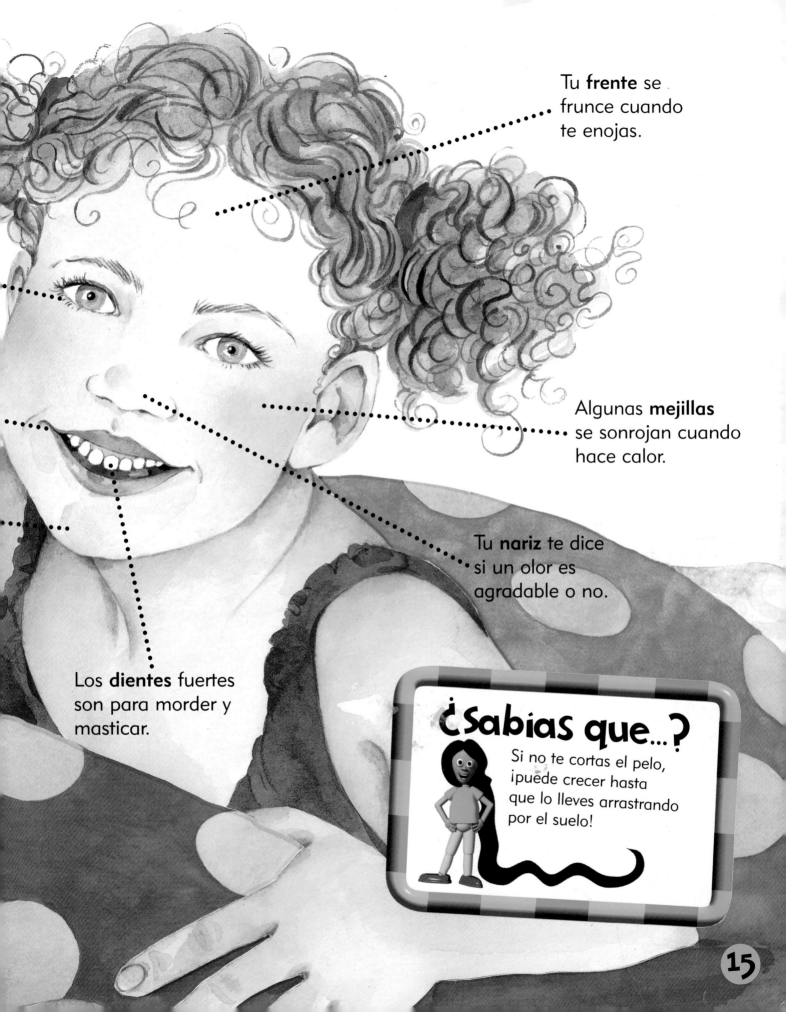

Tu **frente** se frunce cuando te enojas.

Algunas **mejillas** se sonrojan cuando hace calor.

Tu **nariz** te dice si un olor es agradable o no.

Los **dientes** fuertes son para morder y masticar.

¿Sabías que...?
Si no te cortas el pelo, ¡puede crecer hasta que lo lleves arrastrando por el suelo!

15

Ver y oír

Todo el día te la pasas mirando las cosas que te rodean y escuchando ruidos. ¡Lo haces sin darte cuenta! Los niños del dibujo central cantan mientras leen y tocan música. ¿Te gusta escuchar música?

Con tus **oídos** puedes escuchar sonidos suaves y fuertes.

Esta niña usa **anteojos** para poder ver mejor.

Estos niños sordos hablan con las manos. Como no pueden oír, usan signos especiales para cada palabra.

16

Usas tus **ojos** para ver el mundo que te rodea.

Cuando miras las cosas a través de una lupa se ven más grandes, tanto que hasta puedes ver el diseño de las alas de una mariposa.

Es fácil **cantar** siguiendo la música cuando conoces la letra.

Mientras **escuchas** la música, trata de marcar el ritmo con palmadas.

 Tocar y sentir

¿Una pluma es blanda o dura, suave o áspera? Lo sabrás tocándola. La yema de tus dedos es lo mejor para palpar, pero los dedos de tus pies también. La figura central muestra muchas cosas que puedes encontrar en la playa. ¿Te imaginas cómo se sienten al tacto?

Los granos de arena te hacen **cosquillas** entre los dedos cuando entierras tu pie en ella.

La piedra es dura y rugosa. La sientes **áspera** contra tu piel.

¿Sabías que...?

A tu cuerpo no le gusta el frío. Cuando hace mucho frío, ¡tu nariz y tus mejillas se ponen rojas y hasta azules!

Si tocas las algas cuando están mojadas, las sentirás viscosas.

Este niño quiere mucho a su perro. Cuando lo abraza, el suave pelaje le toca su cara.

Cuando hace calor, es agradable meter la mano en el agua **fresca**.

¡No toques esos erizos marinos o te pincharás con sus **espinas**!

 # Saborear y oler

Tu lengua hace un trabajo muy especial. Dice si la comida sabe bien o no. Tu nariz ayuda a sentir los olores en el aire. El aroma de unas palomitas de maíz o de una pizza puede darte mucha hambre.

Comer helado estremece tu lengua. ¡Se siente frío en la boca pero es delicioso!

Las galletas y los pasteles son **dulces** porque se hacen con azúcar.

Los limones son tan **ácidos** que tu cara se arruga.

Las papitas **saladas** y
los cacahuates dan sed.

Una pizza bien
caliente **huele**
tan rico que no
puedes esperar
para comértela.

La flor huele muy bien. Si la acercas a
tu nariz sentirás mejor su perfume.

 # En buena forma

Tu cuerpo es una máquina maravillosa. Piensa en todas las cosas que puede hacer. Pero lo debes cuidar para mantenerlo saludable. Debes hacer mucho ejercicio, tomar agua, comer y dormir. ¡Y lavarte todos los días para estar limpio!

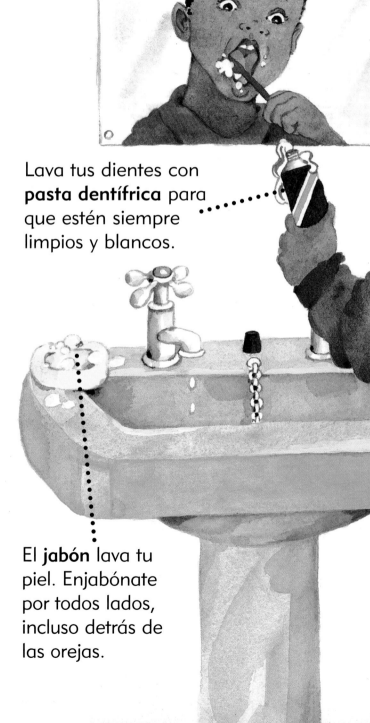

Lava tus dientes con **pasta dentífrica** para que estén siempre limpios y blancos.

El **jabón** lava tu piel. Enjabónate por todos lados, incluso detrás de las orejas.

Las frutas frescas son ricas y buenas para ti. Te ayudan a crecer.

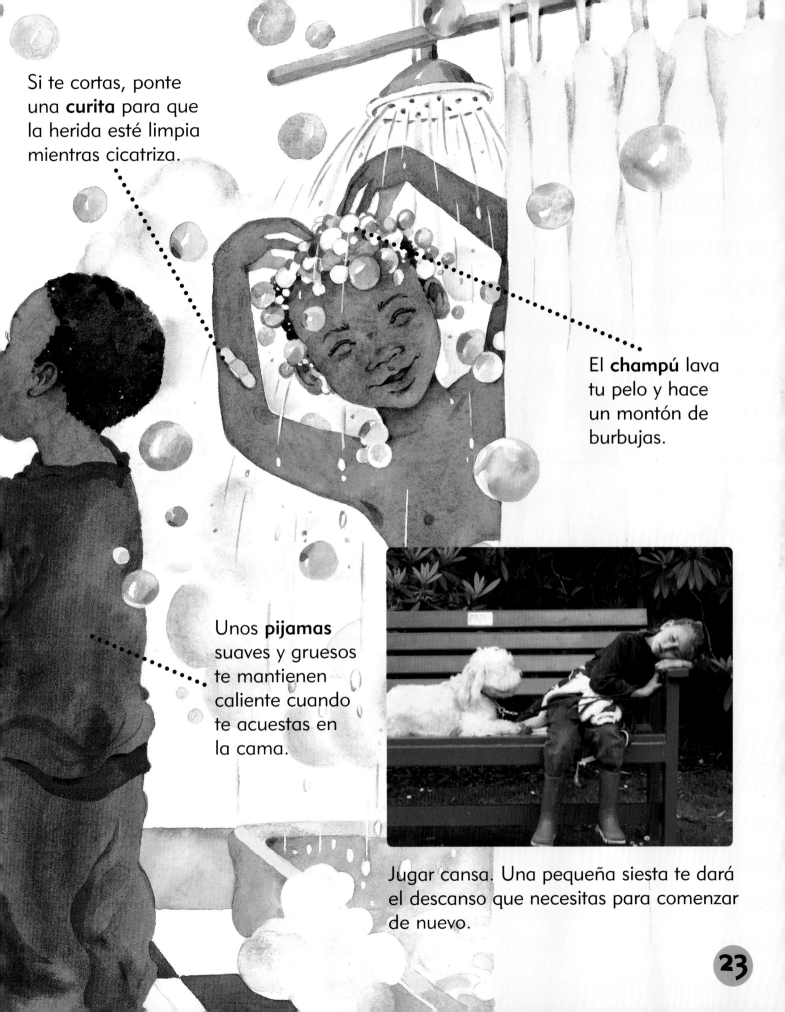

Si te cortas, ponte una **curita** para que la herida esté limpia mientras cicatriza.

El **champú** lava tu pelo y hace un montón de burbujas.

Unos **pijamas** suaves y gruesos te mantienen caliente cuando te acuestas en la cama.

Jugar cansa. Una pequeña siesta te dará el descanso que necesitas para comenzar de nuevo.

Diversión en la playa

Mucha gente va a la playa en los días calurosos. Es muy divertido jugar con la arena tibia y chapotear en el agua.

24

¿Qué tipos de ruidos pueden estar escuchando los niños?

Palabras que ya sabes

He aquí algunas palabras que ya has visto en este libro. Léelas en voz alta y luego trata de encontrar las cosas en el dibujo.

boca   ojos   nariz

dientes   mentón   oidos

Salvavida

¿Qué comida helada hace que tu lengua se estremezca?

La gran sorpresa de Daniel

Daniel tenía 5 años. Le gustaba hacer todo tipo de cosas divertidas, pero había una que no le gustaba hacer, y era... ¡esperar!

En cuanto olía el pastel que su papá horneaba, Daniel preguntaba: —¿Ya está listo? Y cuando descubría que tenía que esperar, su cara se ponía toda roja y gritaba: —¡No puedo esperar!

Cuando su mamá lo llevaba a visitar a su primo y su casa apenas desaparecía de la vista, Daniel preguntaba: —¿Ya llegamos? Y cuando descubría que tenía que esperar, su cara se ponía toda roja y gritaba, —¡No puedo esperar!

Un día, su mamá le dijo que estaba esperando un bebé, Daniel se puso muy contento. Acariciaba suavemente su vientre para sentir como el bebé pateaba, pero no tenía paciencia para esperar su llegada. Todos los días preguntaba: —¿Va nacer hoy el bebé?, pero Mamá sonreía y le decía: —Recuerda, Daniel, a veces hay que esperar.

¿Y qué creen que Daniel gritaba entonces?

Una mañana, Daniel vio que su papá preparaba una valija.

—Vamos al hospital —dijo Papá—, el bebé está por nacer.

Al escuchar eso, Daniel bajó las escaleras corriendo y comenzó a saltar.

—¿Cuándo lo traerán a casa? —preguntó.

Entonces descubrió que tenía que esperar. Su cara se puso toda roja y gritó: —¡No puedo esperar!

—Esto sí que vale la pena esperar —dijo Mamá con un gran abrazo.

—Pórtate bien —dijo Papá mientras se apresuraban hacia el auto.

Daniel miró cómo su mamá y su papá se alejaban. —No puedo esperar —farfulló entre dientes y su cara se puso toda roja.

Daniel oyó unos ruidos en el primer piso y fue a buscar a los abuelos. Los encontró en el cuarto del bebé.

—Prepararemos el cuarto mientras esperamos —dijo Abuela—. Cuando los bebés son muy pequeñitos no pueden correr y jugar como tú, Daniel. Sus músculos no son fuertes todavía para mantener derecha la cabeza. Los bebés se quedan en sus cunas la mayor parte del tiempo y por eso necesitan mirar cosas.

Daniel se sentó en el suelo y abrió una revista. Estaba llena de cosas suaves de todos los colores.

—¡Miren! —gritó Daniel señalando la foto de un enorme móvil del que colgaban muchos avioncitos de papel. —¿Tenemos uno de estos? —preguntó.

—No —dijo Abuela—, pero tenemos muchas otras cosas, y sacando un sonajero de una caja lo hizo sonar.

—¿Me regalas la caja? —preguntó Daniel.

—¿Para qué? —le contestó Abuela.

—Para jugar —dijo Daniel.

Más tarde. Daniel vio que su abuelo pegaba una franja de color alrededor del cuarto. Estaba llena de dibujos para que el bebé mirara.

—Me das un poco de papel adhesivo? —pidió Daniel.

—¿Para qué —pregunto Abuelo.

—Es una sorpresa —contestó Daniel.

Y sin más se inclinó, levantó la caja con la revista, el papel adhesivo y una cuerda y salió del cuarto.

—¿Qué estará haciendo? —se preguntó Abuelo, mirándolo salir del cuarto y cerrar la puerta.

—Yo también me lo pregunto —dijo Abuela.

Un poco más tarde, el abuelo estaba pintando unos animalitos en el cuarto del bebé y fue al cuarto de Daniel:

—¿Quieres que pinte también tu puerta? —preguntó.

—No, gracias —dijo Daniel—, pero necesito un poco de pintura.

El abuelo le dio una lata de pintura y Daniel regresó a su cuarto y cerró la puerta.

Allí estuvo toda la tarde. Cuando salió ya era hora de cenar. Tenía el pelo lleno de cinta adhesiva, pintura en el mentón y unos pedazos de cuerda colgaban de sus hombros y pecho.

—¡Mira en que estado te has puesto! —exclamó Abuela—. ¿Qué has estado haciendo?

Daniel sonrió y dijo:

—Es una gran sorpresa.

Oscurecía ya cuando sonó el teléfono. Los abuelos corrieron a responder.

Era Papá avisando que Daniel tenía una hermanita y que llegarían a la mañana siguiente.

En cuanto Daniel escuchó la noticia se puso a saltar y a gritar con la cara enrojecida:

—¡No puedo esperar para verla!

—Ya no tardará —dijo Abuela—. Es hora de ir a la cama, debes estar cansado.

Daniel se puso sus pijamas, se lavó la cara y los dientes, y se acostó. Los abuelos lo abrazaron y apagaron la luz. Un minuto después, Daniel se levantó y llevando algo en las manos, salió en puntas de pies de su cuarto. Entró en el cuarto del bebé y después de un momento volvió a su dormitorio.

A la mañana siguiente, Daniel esperaba junto a la ventana que sus padres volvieran con su nueva hermanita.

—¡Ya están aquí, ya están aquí! —gritó cuando vio llegar el coche.

Daniel abrió la puerta de par en par y su papá entró cargando un pequeño manojo en sus brazos. Se inclinó para mostrárselo a Daniel.

Daniel vio una carita roja, de ojos muy cerrados y unas manitas rosadas y arrugadas que se abrían y cerraban.

Daniel no podía creer lo pequeñitas que eran las manitas del bebé. Tenía unas uñitas rosadas diminutas. Tenía pestañas y un poquito de pelo y su piel era suave.

—Parece enojada —dijo Daniel, mirando la carita arrugada de su hermana.

—Igual que tú cuando gritas que no puedes esperar —dijo riendo Papá.

—¿La llevarán a su cuarto? —preguntó Daniel—. Tenemos una sorpresa para ella.

Todos subieron al segundo piso y Daniel abrió el cuarto del bebé.

Mamá y Papá quedaron asombrados por todos los juguetes, las coloridas franjas que bordeaban el cuarto y los animales pintados en la puerta. Pero sobre todo admiraron el enorme móvil que colgaba cerca de la cuna.

—Así que eso era lo que estabas haciendo todo el día —dijo Abuelo—. ¡Era tu regalo sorpresa para tu nueva hermanita!

—¡Es hermoso, Daniel! —dijo Mamá—. Muchas gracias.

—¡Te debe haber tomado mucho tiempo hacerlo! —dijo Papá.

Bebé comenzó a bostezar y Mamá la acostó con mucho cuidado y le cantó una canción de cuna.

—¿Valió la pena esperar? —preguntó Papá.

—Sí —dijo Daniel—. ¿Puedo cargarla en brazos?

—Cuando se despierte de su siesta —dijo Mamá.

Al escuchar eso, la cara de Daniel comenzó a enrojecer. Pero se dio cuenta que podía despertar y asustar a su hermanita si se ponía a gritar como de costumbre su "¡No puedo esperar!"

—Puedo esperar —susurró mientras sonreía y pensaba en todo lo que se iba a divertir con su nueva hermanita.

Acertijos

Busca las diferencias

Estos dos dibujos no son exactamente iguales. ¿Puedes encontrar las cuatro cosas que son diferentes en el dibujo b?

a

b

Con la lupa

Hemos mirado con la lupa a algunos niños que has visto en este libro. ¿Puedes decir que están haciendo?

1

2

3

Respuestas: Busca las diferencias las dos piernas dobladas, pelo rizado, falta un zapato, anteojos; Con la lupa 1 lavarse el pelo, 2 tocando algas y agua, 3 oliendo y comiendo pizza.

¿Falso o verdadero?

¿Puedes decir cuáles de estas afirmaciones son verdaderas? Mira si acertaste en las páginas indicadas.

1

Cuando tienes calor, sudas agua por la piel.
Ve a la página 5.

2

Si no te cortas el pelo, puede crecer hasta que lo arrastres por el suelo.
Ve a la página 15.

3

Algunas personas son tan fuertes que pueden levantar un avión.
Ve a la página 8.

4

Cuando tienes frío, tu nariz se pone verde.
Ve a la página 18.

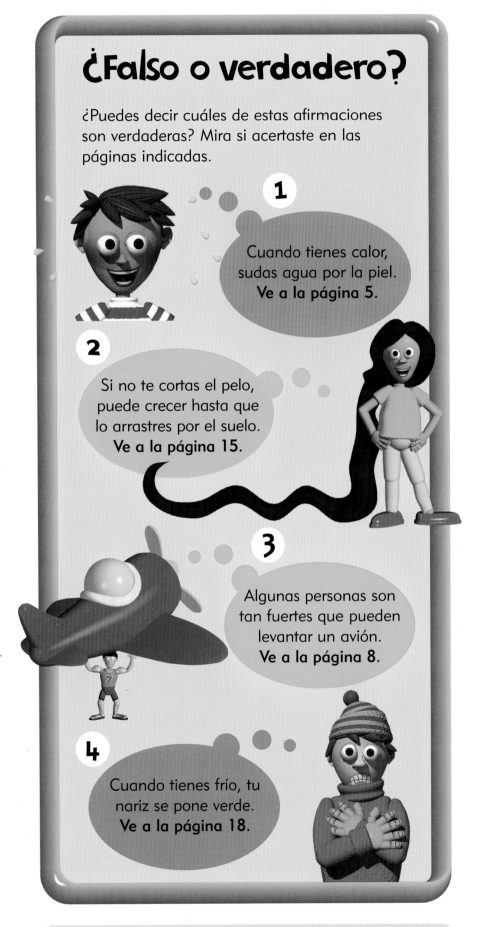

Índice

Respuestas: 1 verdadero, 2 verdadero, 3 falso, 4 falso.